KB188928

진주를 문 조개는 가라앉는다

진주를 문 조개는 가라앉는다

깊은 시간 속에서 건져 올린 생각의 조각들

초 판 1쇄 2025년 03월 24일

지은이 주재훈
펴낸이 류종렬

펴낸곳 미다스북스
본부장 임종익
편집장 이다경, 김가영
디자인 임인영, 윤가희
책임진행 안채원, 이예나, 김요섭, 김은진, 장민주

등록 2001년 3월 21일 제2001-000040호
주소 서울시 마포구 양화로 133 서교타워 711호
전화 02) 322-7802~3
팩스 02) 6007-1845
블로그 http://blog.naver.com/midasbooks
전자주소 midasbooks@hanmail.net
페이스북 https://www.facebook.com/midasbooks425
인스타그램 https://www.instagram.com/midasbooks

ISBN 979-11-7355-161-1 03810

값 18,000원

진주를 문
조개는
가라앉는다

깊은 시간 속에서
건져 올린 생각의 조각들

주재훈 지음

미다스북스

1부
가라앉는 아침

2부
부서지는 파도 속에서

3부
진주가 머문 자리

들어가는 글

재미없는 질문이 제게서 떠나지 않았습니다. 세상은 어째서 이렇게 흘러가야만 하는지, 삶이란 무엇인지 알고 싶었습니다. 전혀 흥미를 돋지 못 하는 질문이라서 어디 묻고 답할 곳도 없었죠. 단 한 군데 있다면 그곳은 제 자신이었습니다. 이 시들은 제가 스스로를 설득하기 위해 쓰인 시들입니다. 어디에도 쓰여 있지 않은 답을 찾기 위해 홀로 발버둥 치며 스스로의 정답을 찾아가는 과정이라고 할 수 있겠지요.

세상을 살아가며 느끼는 불합리함과 슬픔, 그리고 사람과의 만남에서 느끼는 설렘과 이별의 아쉬움은 누구에게나 있습니다. 누군가는 쉽게 털어 내지만 누군가는 그것들이 마음속 한편에 남아 자리 잡고 있습니다. 시집의 제목처럼 진주를 물고 말을 꺼내지 못하는 모습일 수도 있죠. 진주를 문 조개가 실제로도 가라앉을까요? 잘 모르겠습니다. 하지만 조금은 더 깊이 가라앉고 쉽사리 입을 열지 못하는 것은 사실이지 않을까요.

세상에 존재하는 슬픔이 너무 싫었습니다. 그런데 시를 쓰면서 조금은 알게 된 것 같아요. 슬픔이 없었다면 우리는 연결되지 못했을 것이라는 걸요. 사랑은 멀리 떠나갔을 것이라는 걸요.

⊂1부⊃

가라앉는 아침

젊음은 세상을, 늙음은 세계를 모른다

새벽을 모르는

하루살이에게

그림자는

아름다운 풍경 중

하나일 뿐이다

바다에 가면, 파도가 마중 나와

하늘과 바다를 안다고
바람과 파도를 알던가

마음을 안다고
분노와 슬픔이 멎던가

반대로
삶의 이것저것을 안다고
삶을 알 수는 없다

나는 알았다네
무언가 그곳에 있음을

나는 깨달았다네
나이 듦은 그것만으로도
충분하다는 것을 배우는 것이므로

외로운 철학자

태초의 빛은
저 바깥을 보았다

끝을 향하여
그리 달렸건만

돌아갈 곳 모르네

인간관계

금성은 너무 뜨겁고
천왕성은 너무 춥다

꽃은
적당한 거리에서
피어났다

수많은 태양 중에서

자연사

기쁨을 알았다고
슬픔을 알았다고

그것이 더 이상
쓸모없는 건 아니다

인생은
알기 위한 것이 아니고
살기 위한 것이니까

그것이 없다면
무엇도 알 수 없었을 테니까

붉은 지구

피어나는

아침과 사랑

그리고

저무는

노을과 사랑

하나의 칼이 녹슬기까지

얼마나 많은 장미가

얼마나 많은 하루가

피고 져야 하는 걸까

칼끝의 장미가 시들기까지

얼마나 많은 노을이

얼마나 많은 사랑이

져야만 하는 걸까

칼끝의 장미가 시들기까지

얼마나 많은 사랑이

져야만 하는 걸까

사람들이 하니까

연필은
사랑을 썼다

지우개는
연필이 부러워
글 위를 따라다녔다

붓은
아름다움을 그렸다

지우개는
붓이 부러워
그림 위를 뛰어다녔다

닮도록 쫓아가니
사랑도 삶도
사라져 버렸지

오늘날

나를 모르면서
남은 알고

삶을 모르면서
죽음은 아네

노을은 아름다우나
새벽은 두려워하고

꿈은 밤하늘 같으나
일어나는 법 없네

삶을 모르면서

죽음은 아네

몸값

좋은 옷과 음식
참으로 비싸고

좋은 마음과 행동
참으로 값지다

가치 매길 수 없다고
스스로 말하면서도

자신이 가진 것들로
증명하려 하네

그렇기에
좋은 사람은
보이지 않는다네

높은 곳

천국의 문은
너무 낮아서

스스로
무릎 꿇어야만

들어갈 수 있다

예쁜 사람

꽃에게 날아가는 나비는
참으로 아름답고

날개를 뜯고 감싸
꽃과 같이 되려는 나비는

참으로 추하다

완벽, 주의

수평선 닿은 배 부러워
바다로 간다

지평선 닿은 그놈 부러워
뒤따라 간다

하늘에 닿은 풍선 부러워
우주로 간다

천국은 있으나
닿을 수 없고
닿을 수 있으나
길을 잃어버릴 뿐이라네

세상은 눈과 마음으로
바라보므로

눈으로 본 곳
마음으로 갈 수 없고
마음으로 본 곳
눈으로 볼 수 없더라

절반의 깨달음들

그대가 곤경에 빠져 있을 때
멋진 말을 해 주는 사람이 어른처럼 보일 것이고
의심에 빠져있을 때 모범을 말하는 사람이
좋은 믿음을 가진 것처럼 보일 것이다

하지만
멋진 말을 하지 못하는 사람은 어리석던가
진정한 어른은 고통을 받아들이는 사람이 아니던가
홀로 눈물로 기도하는 이는 어디에 있는가
그대는 볼 수 없을 것이다

높은 곳을 바라보고
뛰어난 업적을 이룬 이들이
존경받을 만하다고 생각할지 모른다
그들은 존경받을 만하다

하지만

가장 낮은 곳에서 손잡아 주는 이들을

그대는 볼 수 없을 것이다

모든 고개는 위를 향하기 때문이다

욕심쟁이는 하늘을 바라보고

지쳐 쓰러진 이는 다가온 손을 바라보니

넘어지고 나서야 비로소 보게 되리라

당신은 부유한 이가 베푸는 것은

볼 수 있을 것이나

마지막 남은 동전을 베푸는 이는

볼 수 없을 것이다

많은 이들이 사람이 아니라

가진 것을 바라보기 때문이다

모든 것을 베푼 이에게는 이제

베풀어 줄 사람들만 남아있기 때문이다

이처럼 아름다운 것들은 언제나 곁에 있으나

그대는 멀리만을 바라볼 것이다

당신은 삶에서 출발했지만 그 모든 것들은 죽음에서
아직 걸어오고 있기 때문이다

당신은 삶에서 출발했지만 그 모든 것들은 죽음에서

아직 걸어오고 있기 때문이다

자격 없는 사람들

불행한 자들은
행복을 가르치고

외로운 자들은
사랑을 가르친다

악한 자들은
선을 가르치고

오만한 자들은
겸손을 가르치며

불의한 자들은
정의를 가르친다

선생님은 언제나 한 발짝 멀리
제자들도 똑같이 한 발짝 멀리

행복도

사랑도

행복을 배우라니까

행복을 바라만 본다

가르침을 배우라니까

가르치는 법을 배운다

가르치지도 배우지도 않은 이가 참된 선생이나

가르치고 배우는 곳에

그는 머물지 않는다네

완벽 범죄

어떤 빗방울은
땅에 떨어지고

어떤 빗방울은
잎에 떨어진다

어떤 빗방울은
어떤 빗방울은

높이 선 건물에
날아가는 비행기에

그렇게 일찍
죽어 버린다

건물이 많아지면 길이 복잡해진다

사람은 많아지나
삶은 줄어들고

도덕과 법은 다양해지나
선택과 자유는
참으로 좁아졌네

기술의 속도는
세대가 멀어지는 속도

꽃은
대지 위에서만 피고
드리운 그림자
밤하늘과 같아지네

관심

비와 대지가
만나기 전에

눈이 대지에
쌓이기 전에

편안한 집 안에서
누가 알 수 있으랴

도시

수많은 건물들
자연의 묘비들

비좁은 대지와
저무는 밤하늘

다가올 아침은
숨 막혀 죽으리니

어두운 오늘 밤
끝나지 않으리라

밤에 지친 그대들이여
길을 잃은 그대들이여

죽어버린 그림자는
돌아오지 않으리라

상상

눈을 감으면

다른 세상이 펼쳐졌다

이제는

눈을 감아도

같은 세상만 펼쳐진다

메아리

산은 외쳤다
옆 산을 바라보며

옆 산도 따라 외쳤지
별을 바라보며

"너보다 높이 솟을 거야."

휴전 중 태어난 아이

참 평화롭다
떨어지는 별똥별에 소원을 빈다
소원은 바로
돈 잘 벌게 해 주세요!

붉은 태양 따라 걸으면
해가 지지 않을지도 모른다
해가 지고도 걷는 이들도 있지
달은 지지 않으려나?

전쟁이 없을 때는 죽고 싶다는 사람만 많더니
전쟁이 있을 때는 살고 싶은 사람밖에 없더라

소음이 들린다
섬광이 하나둘 비처럼 떨어진다
내 소원 전부 여기에 떨어지나

이곳에서 비는 소원
별똥별이 그만 떨어지게 해 주세요

소원이 별똥별보다 많을 때가 있다
하늘의 섬광이 소원보다 많을 때도 있다
둘 중 하나는 반드시
꿈같은 이야기

보이는 전쟁과 보이지 않는 전쟁
보이는 것엔 눈물이라도 흘리지
안 보이는 건
기도조차 할 수 없다
총칼로 하지 않는 전쟁은 시체도 없지

저 많은 섬광들도
세상과 진실을 비추기에는 아직
밝지 않은가 보다

혹은 진실은
전장에서만 나타나는 것일 수도 있겠지만

휴전 중 태어난 아이는 전쟁을 모른다

휴전 중 태어난 아이는

전쟁을 모른다

2부

부서지는 파도 속에서

별똥별1

우리의 마음은
밤하늘과도 같아서

반짝이는 별이
내려올 듯이

설레고 기대하며
희망하지만

그저 아름답게
빛나기만 한다네

하지만 우린
그 빛으로
길을 찾아가지

마음의 거리

하나의 밤하늘에
서로 닿을 듯한
아름다운 별들

어떤 별은 10억 살
어떤 별은 100억 살

실상 서로의 온기는
참 멀고도 멀구나

내게 보이는 거리는

손가락 단 한 마디도
되지 않건만

하지만 나는

꽃은 한 번도 하늘의 눈물을
외면하지 않았습니다
하지만 나는

꽃은 한 번도 다가온 바람을
무시하지 않았습니다
하지만 나는

꽃은 한 번도 떠나간 꽃잎을
붙잡지 않았습니다
하지만 나는

꽃은 한 번도 찾아온 나비를
쫓아내지 않았습니다
하지만 나는

꽃은 한 번도 자신의 뿌리를
떠나지 않았습니다
하지만 나는

하지만 나는 한 번도
삶에 밟혀 쓰러진 뒤
포기하지 않았습니다

별똥별2

빛은 여기저기
제 몸을 부딪혀 가며

눈먼 이들에게
길을 밝혀 준다

정작 자기 자신은
무엇도 보지 못하고

홀로 외로이
온기만을 남기며

보시기에 좋았더라

예술가는 물어보라

그려진 것들이여
산과 바다와 천체들이여
꽃과 나비와 희망들이여
그대들은 아름다움을 아는가
그렇다면 내게도 알려다오

예술가는 들어보라

비명 속 노랫소리를
찬양 속 비명소리를
당신을 부르짖는 기도를
기도보다 무거운 눈물의 떨어짐을

그려진 불씨 무엇도 태우지 못하나
분노는 불처럼 번져
세계를 가득 채우리라

믿음 안에서

비는 어디에 떨어져도
다시 한곳으로 돌아가고

바람은 어디를 가도
멀리 가지 못하며

빛은 제아무리 빨라도
길을 잃을 수 없다

마음이 그곳에
머무르듯이

붓은 그림을
떠나지 않는 법이네

비는 어디에 떨어져도

다시 한곳으로 돌아가고

새해

사랑하겠노라
기도하겠노라
얼마나 많은 약속이 쌓였는지

잊겠노라
놔주겠노라
얼마나 많은 후회가 쌓였는지

매년 불어나는 무게에
그리도 빨리 찾아오는 게냐

이제는 정말로
사랑하고 기도하겠네

하늘과 땅에 사랑이 가득 차도록
네 녀석보다 사랑이 먼저 오도록

사랑

저 빛나는

아름다운 유성

밤하늘을 가르며

내려오더니

돌아갈 이유

찾지 못했다

찰나의 빛 버리니

영원히 반짝이네

어떤 기다림

인적 드문 정류장 옆
우뚝 선 나무 한 그루

누구를 그토록 기다리는지
버스를 보내고 또 보낸다

잔잔한 시간은
가지를 무참히 부러뜨리고

간절한 이파리를
땅 위로 떨어뜨린다

하지만 나무는
운명을 거스르기 위해

숨이 다하고도
우뚝 서 있으리라

마음

종이처럼
얇은 마음

찢어질까
두렵네

종이처럼
얇은 마음

베어낼까
두렵네

이상화

상처받음에

슬퍼하지 말길

태양은

그림자를 볼 수 없으니

그림자

빛은 사랑을 찾아 헤매고
사물은 사랑이 오기만을 기다린다

간절한 둘의 만남은 이내
나를 낳았다

이웃 사랑

바람은 꽃을 흔드나

잎만 떨어뜨릴 뿐이다

어떤 폭풍도

아름다움을 앗아가지 못하듯이

바람은 꽃을 흔드나

일만 떨어뜨릴 뿐이다

호수는

던져진 돌멩이에
얼마나 주름지던가

깊이 가라앉은 것
보이지도 않고
평온한 듯 표정 짓겠지
누군가는 다시 던질 걸 알면서도

멀리 간 잔잔한 파도는
작은 풀들만 흔들겠지

마치 바람이
불기라도 한 것처럼

옛 일기

머나먼 그곳에서
빛으로 찾아온 별

이제는
더 이상 존재하지 않지만
내게는 여전히
밝게만 빛나고 있다

공허한 마음은
사라진 별의 그리움과
사라질 빛의 두려움으로
채워지고 나서야

별은 한 발자국도
움직이지 않았음을 깨닫네

이제 빛이 날아가도록 둔다

허공을 향해

끝없이

끝없이

밝은 빛도

빛났던 별도

서서히 멀어지도록

영원히 아름답도록

인생의 경험

무성한 나무의
그늘을 보고서
얇은 가지
굵은 가지
구분할 수 있으랴

부러지지 않을까
심히 고민하지만
가지 없는 나무
어디 있으리

이야기 들려오는
넓은 그늘 아래
꽃도 바람도
쉬어가리라

가지 없는 나무

어디 있으리

부서지는 파도 속에서

의무

시간은
상처와 치유를 준다

시간은
이유를 말해 주지 않는다

멈추면
대답을 들을 사람 없고
흐르면
말할 수 없기에

시간이 흐르고
모든 것이 때에 맞춰
주어진 일을 하듯이

우리는
사랑해야 한다네

그랬다면

묻지도 않았을 것을

대본

조연보단

주연이 낫겠지

주연보단

감독이 낫겠지

이야기를

만들어 가니까

의자의 다리

네 발과 세 발이면
우뚝 서 있고

두 발과 한 발이면
넘어져 일어나지 못하리

남은 다리마저 부러지면
알게 되리라

가장 강해졌음을

낯선 사람

우리 만난 적 있나요
가족으로
이웃으로
연인으로
친구로
원수로

우리의 만남은
운명인가요
우연인가요

당신은 누구인가요
당신은 무엇인가요

아무것도 알지 못하니
천천히 정해 보아요

거울의 거짓말

어린 시절
나의 모습
어디로 갔나

나와 같던 친구와
찬란했던 계절
어디로 갔나

아리따웠던
그때의 엄마 아빠
어디로 갔나

삶의 이유였던
사랑하는 그대
어디로 갔나

거울 속 당신들
모두 어디로 갔나
보이지 않는 이 마음
어디서 왔나

그대들 모두
내게로 왔으니
떠나간 것 하나 없네

눈물

하늘의 비는
모른다

꽃이 피어날지
어디서 피어날지

하지만
사랑을 알고 있다네

피우기 위해 내리는 것이 아니라
내리기 때문에 피는 것이므로

피우기 위해 내리는 것이 아니라

내리기 때문에 피는 것이므로

말조심

촛불이 밝힌 건
세상이 된다

흐르는 시간과
불어오는 바람

그중에서도 입이
가장 무섭다

촛불의 불씨만이 이내

나의
세상이 되니까

혼잣말

태양과 대지는
친한 친구라네
밤만 되면 이야기하지

달은
아침에도 저녁에도
외로이 서 있지

별들이 빛남에도
새벽은 참 어둡다는 걸
아침은 알려나

만남

피기 전

시든 꽃

누가 알리

하지만 사람은

지고도 피나니

사랑 없이

무엇이 피어나리

피기 전

시든 꽃

누가 알리

멀리 가지 말아요

일등이었다
큰 박수를 받았다

뜨거운 땀을 닦아 내고
다시 무리로 돌아갈 땐

꼴등이었다

⊂ 3부 ⊃

진주가 머문 자리

숲

강 위로 떨어진
별빛 흘러가면

바다는
얼마나 아름다울지

눈물에 맺힌
그대 모습 흘러가면

그곳에 항상
머물러 있을지

소망만 낙엽처럼
떠내려가더라

어느 날의 꿈

바다 같은 그대
하늘 같은 그대

잔잔했던 파도
사납게 몰아치고

살랑였던 바람
전부 무너뜨리듯

조용히 있다가
덮쳐 오는구나

하늘과 바다 없이
무엇이 살 수 있나

꽃은 하늘을 향하고
비는 바다로 가는데

그대 없는 나는

어디로 가야 하나

드릴 꽃

꽃 한 송이 건네면
내 마음을 알까

그리움이 그토록
꽃잎보다 더
눈물보다 더
무겁다는 것을

꽃잎 전부 떨구고도
고개 들지 못하는
꽃을 보고도
나를 보고도
알지 못한다면

이제 어찌하나요
시간은 내게서
눈물만 떨어뜨릴 뿐인데

떠나가는 마음

기다리는 꽃의
꺼져버린 고개

세차게 흔들리다
결국 바람 타고
떠나가는 꽃잎들

간신히 매달려있는
꽃잎마저 떨어진다면

그대에게 이 꽃을
나 어찌 드리리

기도

그대의 이름으로 시작해

그대의 이름으로 마치는 것

그대의 불안으로 시작해

그대의 행복으로 마치는 것

그대의 눈물로 시작해

그대의 미소로 마치는 것

그대라는 사람으로 시작해

그대라는 사람으로 마치는 것

멀리 있음에도

곁을 지켜 주는 것

알지 못함에도

곁에 있어 주는 것

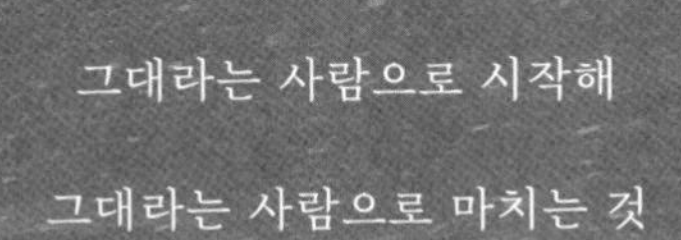
그대라는 사람으로 시작해
그대라는 사람으로 마치는 것

어떤 사랑

꽃을 사랑한 것은
하늘이지만

꽃이 사랑한 것은
바람이라네

하늘이 보살피나
바람에 흔들리지

그럼에도 하늘은
평생을 바라본다네

너무나
사랑한 나머지

혹시나

그대는 정말로
소나기 같습니다

나만 오롯이 맞지 않고
잠깐 머물다 떠나가네요

흔들린 나의 마음은
그리움에 젖어

비가 올 때마다
부리나케 박차고 나가
그쪽을 바라봅니다

혹시나
그대일까 싶어

그대일까 싶어

아픈 다짐

오늘도 도마에 마음 올려
그대 꽃 핀 부분
잘라 내려 한다

시간이 지나 연약한 새싹은 어느새
그대 눈빛 쬐어 무럭무럭 자랐고
깊은 뿌리에
마음은 단단해졌다

가장 무뎌진 칼 손에 쥔 채
눈물만 꽃 위로
뚝— 뚝—
떨어진다

어느덧 저녁이 되었고
부엌 안에서 움직였던 건

눈물과
그림자뿐이었다

모래

손 틈새로 떠나가는 널
바다는 머물게 해 주었지

너를 눈물로 적시면
손에 쥘 수 있을까 하지만

허공으로 사라져 가는
아름다운 모습에
바라볼 수밖에 없었다

그리곤 남은 그리움만
눈물로 씻어 내지

공기

네가 없는 곳에선

숨 쉴 수가 없구나

보이지 않아도 좋으니

곁에만이라도

머물러다오

시침

24시간 중

그대만 빼고

전부 가리켰다

잊으려는 생각

창문과 커튼을
열어야 하는 밤

그리움에 젖은 마음
아침에는 마르도록

달콤한 꿈속에서
그대가 나가도록

마음속 그대보다
태양이 빛나도록

밤새 속삭인 기도
이곳에 갇히지 않도록

언젠가 찾아올 그대를
바라볼 수 있도록

초

뜨거운 가슴

뚝뚝

흐르는 눈물

바람과 하나 될 무렵

이제 눈을 감고

걸어가겠네

나의 길

나의 숨

그대에게 맡긴 채

그리움

소나기 같던 눈물은

장마였었고

그치고

또 그쳐도

먹구름은

가시질 않는다

한바탕 쏟아지고

오지 않았던 척 맑아져도

어딘가 피어났던 꽃이

기억하더라

어딘가 피어났던 꽃이

기억하더라

꽃 한 송이

향기 나는 곳으로 고개 돌리니
그대였다

부드러운 잎사귀 만져 보니
그대였다

아름다운 모습 바라보니
그대였다

꽃을 찾아 나섰더니
그대였다

나는 그대를
꽃이라고
부를 수밖에 없었다

담배꽁초

담배 피우지 말라는 말에도
아빠는 라이터를 꺼내
조심스레 불을 붙여
후—
하고 피기 시작한다

지독한 담배 연기
지겨워 죽겠다

금연하라는 말만 할 뿐
말을 들어 준 적은 있었나

아빠의 말을 들어 주는 유일한 것은
자신의 한 몸 바쳐
죽음의 순간까지 함께하는
담배가 아니었을까

혹시 담배에 불을 붙인 건

라이터가 아니라

내가 아닐까

지독한 담배 연기

지겨워 죽겠다

아빠의 말을 들어 주는 유일한 것은

담배가 아니었을까

꽃잎 흩날리려

빈손으로 왔기에
잡을 수 있었고

비어 있는 마음 덕에
품을 수 있었다

그대를 사랑한 채로
돌아가려 하네

꽃이 되어서만 이 마음
시들 것 같으니

따라쟁이

그대가 미소 지으면
나도 미소 짓고

그대가 눈물 흘리면
나도 눈물 흘린다

그대가 나를 바라보면
나도 그대를 바라보고

그대가 화를 내면
나도 화를 낸다

하지만 단 한 가지

그대의 떠나감은
따라 하지 못했네

나는 이제
그대를 생각하며

혼자 웃고
혼자 운다

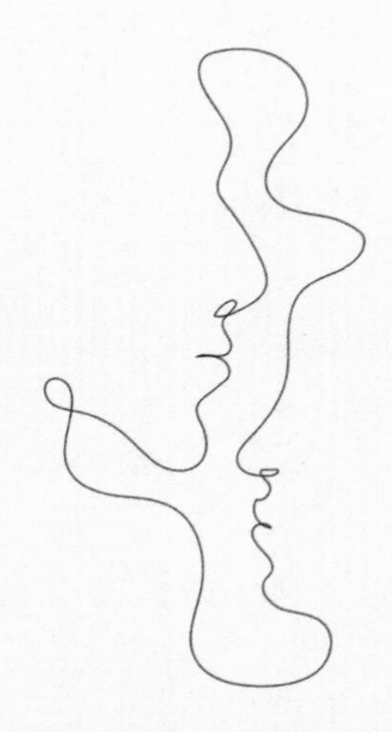

진주가 머문 자리

그리움의 무게

붉은 낙엽
떨어진다

나뭇가지야
강한 바람에도 꿈쩍 않고
무성할 적에도 부러지지 않았건만

털어낸 그 사랑 그리도 그리워
따라가야만 했느냐

네 생각

돛단배
바람 따라가니

어디를 가도
바람이 먼저 가 기다리네

3부

낯선 사랑

그대에 대해 쓴다면
책 한 권을 쓸 수 있을지 모른다

그대에 대해 모르는 것을 쓴다면
평생을 써야 할지 모른다

그대는 여전히
낯선 사람

그대를 사랑한 것은
알기 때문이 아니오

그대를 사랑하는 것은
알아가기 때문이니

사랑이 그대를 비춤은
내 평생 그대를
사랑하라는 것이라네

슬픈 노래

소리가 빛처럼 멀리 갔다면
저 먼 별들도 꽃을 피웠으리라

소리가 빛보다 빨랐다면
멀어지는 별들은 다시 돌아왔으리라

소리가 정말로 그랬다면
보고 싶다는 속삭임이
네게 닿았으리라

멀어진 별
태양처럼 다가와
하루를 비췄으리라

하지만 나의 소리
심장에서 피어나

허공에서 시들어 가고
그리움만 온 우주에

울려 퍼지네

소리가 정말로 그랬다면

보고 싶다는 속삭임이

네게 닿았으리라